这本书属于

我是谁？
——《小雨滴和他的15个怪朋友》导读

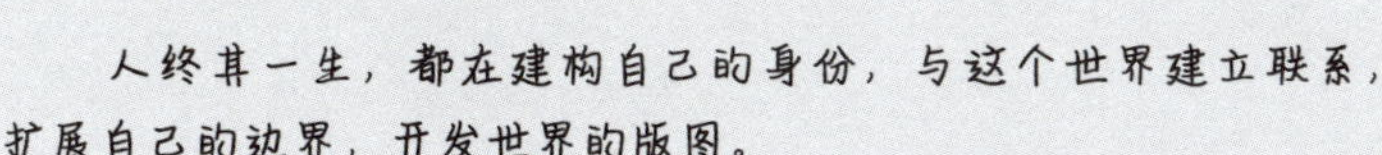

人终其一生，都在建构自己的身份，与这个世界建立联系，扩展自己的边界，开发世界的版图。

小雨滴诞生于一场雨中，是大先生发现了他，并给他取了这个名字。作为他的创造者和亲人，大先生一路陪伴他长大，教会了他许多生活技能，却在小雨滴不懂何为分享时毅然离去。于是，小雨滴走上了一个人的探险之路。

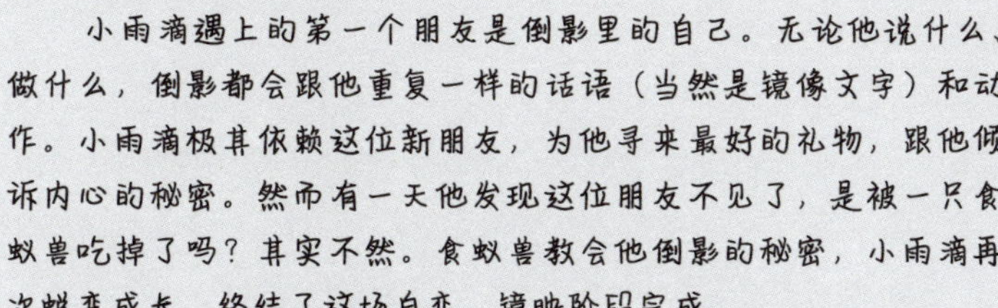

小雨滴遇上的第一个朋友是倒影里的自己。无论他说什么、做什么，倒影都会跟他重复一样的话语（当然是镜像文字）和动作。小雨滴极其依赖这位新朋友，为他寻来最好的礼物，跟他倾诉内心的秘密。然而有一天他发现这位朋友不见了，是被一只食蚁兽吃掉了吗？其实不然。食蚁兽教会他倒影的秘密，小雨滴再次蜕变成长，终结了这场自恋，镜映阶段完成。

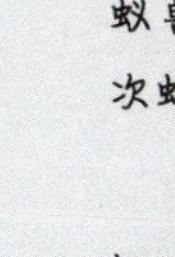

后来，小雨滴还遇上了怕怕、小忧以及诸多奇怪的朋友。未知的世界像一块多面的棱镜，这些性格迥异的朋友们让他的人格逐渐饱满起来，他与世界的联系也越来越深，越来越广。小空让他认识到填补自己空白的方式不是去独占对方；怕怕让他了解了

焦虑的表达形式可以是尖叫；而爱哭的小忧则让他明白莫名的哭泣也是疏导情绪的方式——而且眼泪汇成的湖泊还可以种树，看来哭泣也不是件那么糟糕的事儿呢！

人和人的相处有不同的模式，比如小空和怕怕：他们像两块拼图一样完美地结合在一起，还将自己的心得分享给了小雨滴："重要的是沟通和妥协。""两个人想法不同才能互补嘛！"还有一对老夫妻，他们是名副其实的连理枝：树苗爷爷和树苗奶奶肩并肩坐在树桩上，教会小雨滴用心而不是用胃去感受爱。

小雨滴自己对于感情的认识也经历了一番波折。一开始，他爱上了一位只露出脚的高个子美人：玫瑰。小雨滴为玫瑰带来了各式各样的礼物，直至将她淹没，可这一切最终还是无果而终了。

直至大先生为了他设立了一场"你寻我找比赛"，小雨滴才终于遇上了他的灵魂伴侣——小露珠。两个人就像照镜子一样，说着同样的话，做出同样的动作，仿佛第一次有人与自己心心相印，可以感受到宇宙深处传来的回音。然而好景不长，小露珠抱怨道："你不会说别的话吗？"二人间的分歧扩大了，最初的同手同脚现在看来只是机械式的回应。

这一路，小雨滴不断寻找，不断失去，不断学习如何独立成长。可是在遥远的地方，一定还有值得探寻的秘密。小露珠决定让他去看看更大的世界，小雨滴的朋友们也都来送别。至此，小雨滴再次踏上冒险之路。他从雨中诞生，一路的冒险让他的羽翼更加丰满，接下来，他还会遇上更多怪朋友和更多惊喜，不是吗？

正如一句法语格言所说：我接受这场伟大的冒险，努力成为我自己（J'accepte la grande aventure d'être moi）。

我与我周旋久，宁作我。

译者 陈潇

浪花朵朵

小雨滴和他的15个怪朋友

[法]西比琳·德迈齐埃 著

[法]热罗姆·德阿维奥 绘

陈潇 译

上海文化出版社

很久很久以前的一个清晨……

在寂静的森林中央，有一块空地。

一个小家伙醒了，可他什么都不记得。

他不知道他在这里做什么，他刚刚梦见了什么，也不知道他醒来后想要什么。

"我是谁呀？我在这里做什么呢？"

“你是在刚刚那场雨中诞生的，我呢，是看着你长大的，这一切实在太美好了。我叫你小雨滴，好吗？现在你已经开口说话了，有个名字方便些。”

“小雨滴？
我很喜欢哟。”

这位大先生教了他很多必备的生活技能。

“好了，我希望没有在你身上白费功夫。现在，你有什么可以分享的呢？”

“分享是什么意思？”

“也就是说你给我一些东西，然后我给你一些东西。”

“但是我什么都没有，能给你什么呢？”

“任何你能找到的，哪怕就一个字，也可以算作一份礼物。如果你什么都找不到，只能说明你什么都不想给我，那么，你就是自私的。”

“哦，我可给不了你什么，我才刚刚醒来啊。”

“那你可没什么礼貌。
既然如此，我走了。”

“等一下！”

太晚了，大先生离开了。

“他也太夸张了吧。不过他会回来的，毕竟他是陪我一起长大的呢！”

“现在我一个人，可以随心所欲，再没人管我啦！”

小雨滴被蝴蝶、鸟儿和小虫子的气味吸引着，把自己的手臂当翅膀，一边挥舞一边跟着跑。

不过很快，他对气味就不感兴趣了。

有一天，小雨滴想跟别人分享他的一天。

可是他身边一个人也没有。

小雨滴越来越不开心。

他想再见到大先生。
他想告诉大先生他之前学到的东西都很有用。

不过大先生一去不复返。

“好吧，那我去找他吧。”

小雨滴在森林里走了很久。

他倾听风唱歌的声音，任由植物轻抚着他的膝盖，惹得他哈哈笑。累坏了的小雨滴坐在一块岩石上，低头看了看地面。

那里有个人。

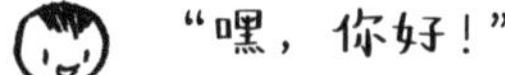

“嘿，你好！”

“嘿，你好！”

“我很高兴见到你。”

“我很高兴见到你。”

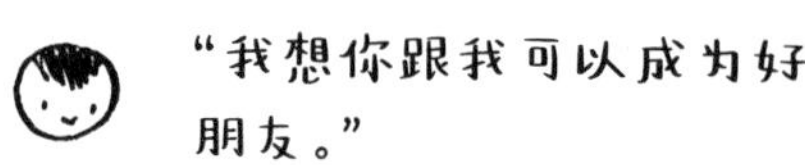

“我想你跟我可以成为好朋友。”

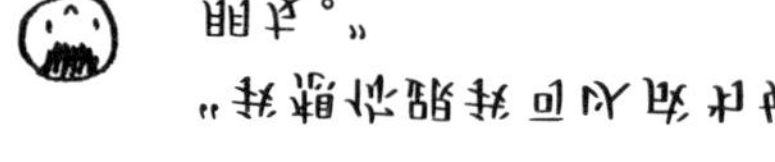

“我想你跟我可以成为好朋友。”

小雨滴和滴雨小讲述着各自的生活，

时而开怀大笑，时而嚎啕大哭。

这让小雨滴感到很震撼。

他没想到他的新朋友如此多愁善感。

“和你相处真是愉快。
但是我饿了，得去找点儿东西吃。
你哪里都别去，就在这里等我回来哦。”

小雨滴说罢，
急急忙忙跑去找东西吃。

他是一路跑回来的。
还好他的朋友一直在原地。

“我带来了苦苣。我们就在这块石头旁边生活吧，这里就是我们的家。我向你保证，我不会跑远，不会丢下你的。”

“我知道。”

日子一天天过去了，他们整日分享着彼此的喜怒哀乐，非常合拍。

就算有时小雨滴有点儿生气，他也会想尽一切办法让自己始终保持微笑。
因为，他看出来滴雨小是个情绪化的人。

他要好好照顾他的朋友，这是一件很重要的事情。

为了感谢滴雨小一直陪在他身边，
小雨滴决定出发去找一件礼物送给他。

他想找一件很特别的礼物，
于是他去了很远的地方，离开了很长时间。

也许太长时间了……

等他回来时，看见有人趴在石头那里。

“也许这个奇怪的家伙在跟滴雨小讲他的秘密。这样我们就有新话题可以聊了，嘻嘻！”

小雨滴走近一看，再也笑不出来了。

“你……你吃掉了我的朋友！”

“不，我只是在喝水啊！”

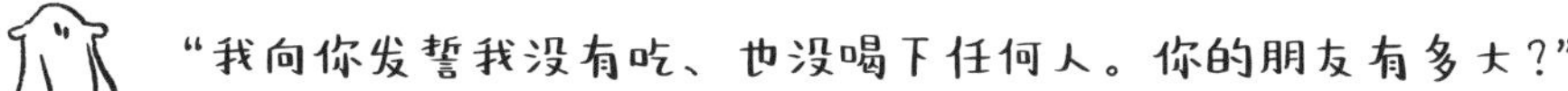

“你把他喝进了肚子里？太可怕了！”

“我向你发誓我没有吃、也没喝下任何人。你的朋友有多大？”

“差不多这么大。”

“呃……他长什么样子？我有时候也会犯迷糊……”

“他的头圆圆的，眼睛小小的，手细长细长的，头发像我这样，身上湿答答的。有一次，我想亲他一下，结果把鼻子弄湿了。”

“我明白了。”

“你看见[1]他了？！你没喝掉他吗？”

“过来，我给你看样东西。”

“我不能离开。如果你什么都没做，他会自己回来的。我可不能离开他！”

“跟我来，小家伙。别担心。”

小雨滴跟在这个家伙后面。

1　上文的“我明白了”法语原文为 Je vois，直译过来是“我看见了”。这里小雨滴直接理解成了字面意思。

“你看！”

“你找到他了！谢谢谢谢！”

“你怎么了？为什么离开前不跟我说一声？”

“我还要给你看另一样东西。”

“看到了吗？”

“哇，太厉害了，你也有个扁扁的朋友啦！”

“不，不是那么回事。你看，如果我动，他也会跟着动。”

“他跟你很像。这简直是天作之合，不是吗？”

“事实上，这是我的倒影。他不是另外一个人，我们之间是有关联的。”

“你是想说……”

“是的。”

小雨滴弯下腰，看着这潭水，渐渐意识到……

“我明白了，这就是我自己。”

“没错。”

“我真是个大笨蛋。”

“别这么说，我能理解你。”

“谢谢你。”

“不过，你应该找点儿别的事情打发时间。”

小雨滴四处流浪了很长时间，

想找到生活的意义。

生活里可没有路标告诉你该往哪里走。

他哭了很长时间。

很长很长时间。

“啊！真对不起。”

他无法排解心中的寂寞，

特别是一个人独处时。

他最缺少的就是同伴。

但那时的他还没意识到这一点。

“嘿，你好！”

“啊，我很抱歉！”

“这个看起来太棒了！
我得找到一个爱好！
爱好看起来真不错！
我正需要一个爱好！”

“但是我能去哪儿找到一个爱好呢？”

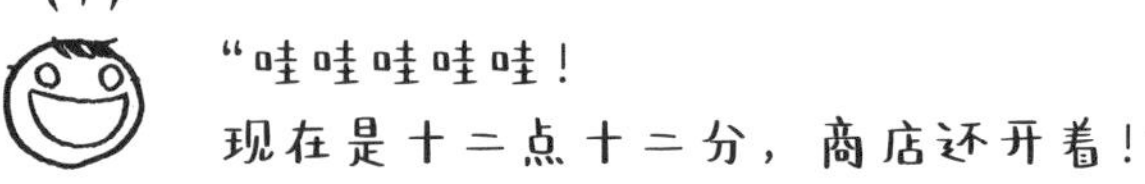

"哇哇哇哇哇！
现在是十二点十二分，商店还开着！"

“你好，小先生！”

“你知道我姓什么？”

“不，我只是看你个头小小的，想跟你开个玩笑。”

“哈哈。”

“我能为你做什么？”

“我要找一个爱好。”

“说起爱好，我很擅长打乒乓球呢。”

“啥？”

“你想来一局吗？”

“这个……好吧。”

小雨滴跟商店主人打起了乒乓球。

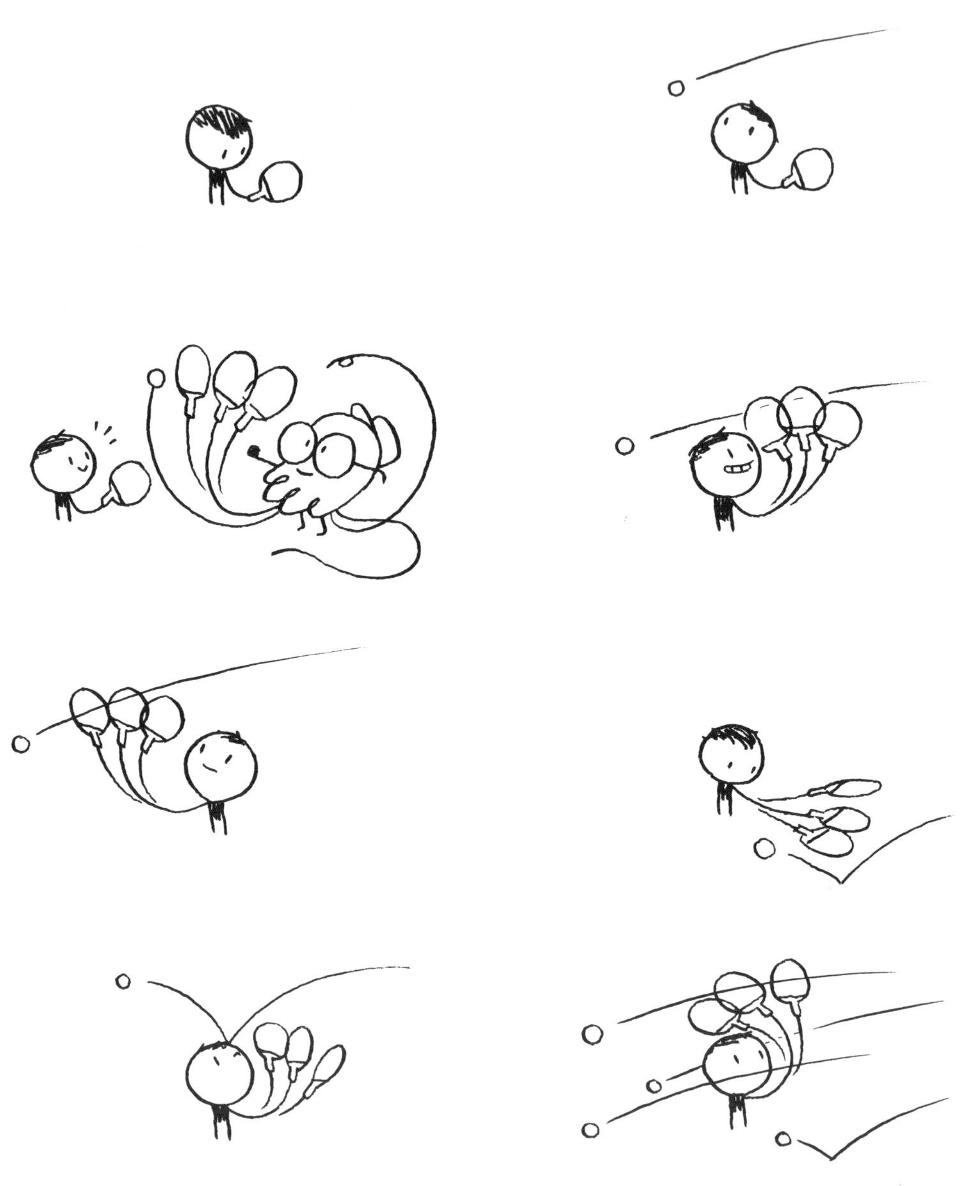

但只是为了让对方开心。

“那么你有什么爱好可以推荐吗？”

“其实应该是由你告诉我你喜欢什么，我可没办法来帮你决定。”

“你还是没明白。我在找一个爱好，让我的生活变得充实。招牌上不就是这么说的吗？”

“我明白，我明白。”

“可你的眼神让我觉得不太放心。”

“我明白，我明白。哎，别走呀，小先生。”

“呆头！呆头！”

“啥事？”

“帮我找一个爱好，呆头。”

“虽然他看上去挺呆，但你也没必要用这种口气对他说话呀……”

“啊，我不是骂他傻，他的名字就叫戴头。”

“这名字听起来也太容易让人误解了吧。”

“来帮我吧，忠实的助手！”

杂物都堆到了天花板。

老板和呆头找啊找，

翻遍了整个商店的货架，

终于，他们找到了……

“哇哦！
这是什么啊？”

“这是一个背包。”

“……”

“不好意思，但这不是我想要的。”

“听我说，小家伙。如果你想要把生活填满，变得充实的话，背包就能派上用场——它可能装了！”

“所以这就是我的爱好？”

“没错。”

小雨滴一脸迷惑，说了声谢谢，帮助他们整理了仓库以作为酬劳。

“再见，小先生！”

“这个家伙真奇怪！”

“这个东西看上去平平无奇，没什么特别的嘛！

该怎么用呢？”

“这不是我想要的。
而且背上它走路不方便。”

小雨滴看着他的背包，思考这到底有没有用。

“哇哦！好棒的背包！
我可以看看里面吗？”

“里面什么都没有啊。”

“是的，刚刚我还把自己塞了进去，但里面没什么稀奇的。”

“的确，如果不装你的话，这包挺空的。”

“没错，就是这意思。”

“给你一个钥匙圈吧。我有两个，这是送你的。”

小雨滴甚至没注意到“钥匙圈先生”已经离开了。
因为他实在是太惊讶了。

他对背包没什么兴趣。

但是这个钥匙圈，可真是太！棒！了！

小雨滴手里拿着新礼物，开心地转着圈。

“我还要其他可以带圈圈的东西，全世界的圈圈我都要！”

小雨滴到处找呀找。

“太棒了，树枝圈圈！”

“搞定了！好大一个座钟圈圈！”

“我喜欢这个，小鸟的羽毛圈圈。”

“还有这个，带钉子的栅栏圈圈。”

就这样，他收集了很多带圈圈的东西。

小雨滴带回来很多很多东西。

这些圈圈是他的心头大爱。

“你想要什么？”

“我什么都不要，我叫小空。”

“你靠得太近了吧！”

“是吗？其实这是我第一次靠近别人。”

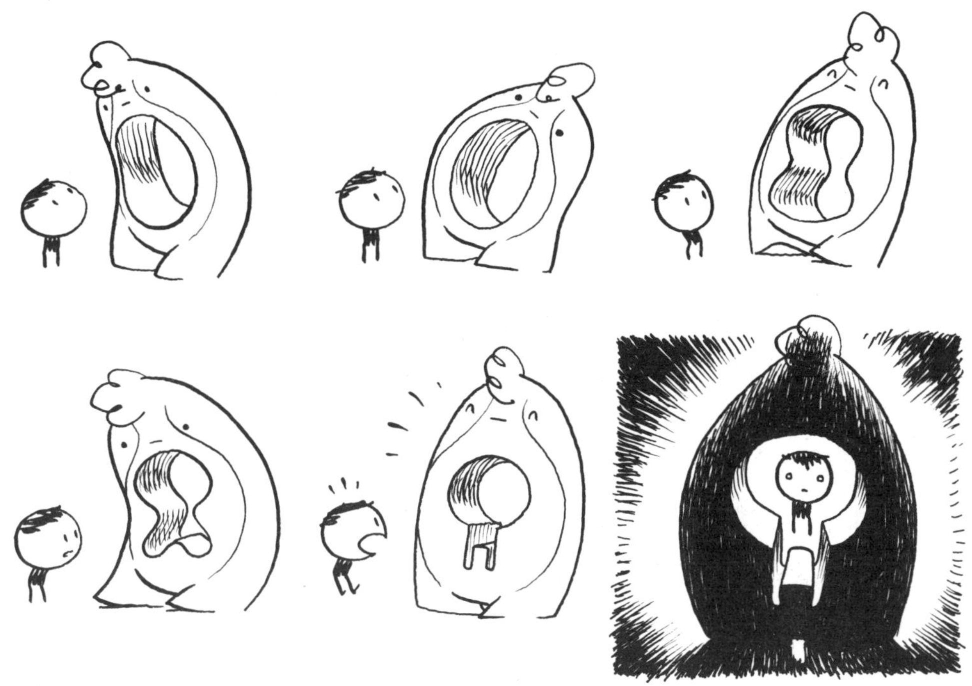

“哈哈，我可以从你中间穿过去！”

“喂喂，等等！”

小雨滴很同情小空。

他看起来很忧伤，

但是他也很奇怪。

“别玩了，我有点儿累了。你想吃苦苣吗？”

“想吃！”

小空的肚子空出了一个苦苣的形状。

“噢，太好笑了！别动，让我试试别的。”

就在这时……

啊哈！

“还给我！还给我！”

“但我拿不出来啊！”

小空居然露出了微笑。

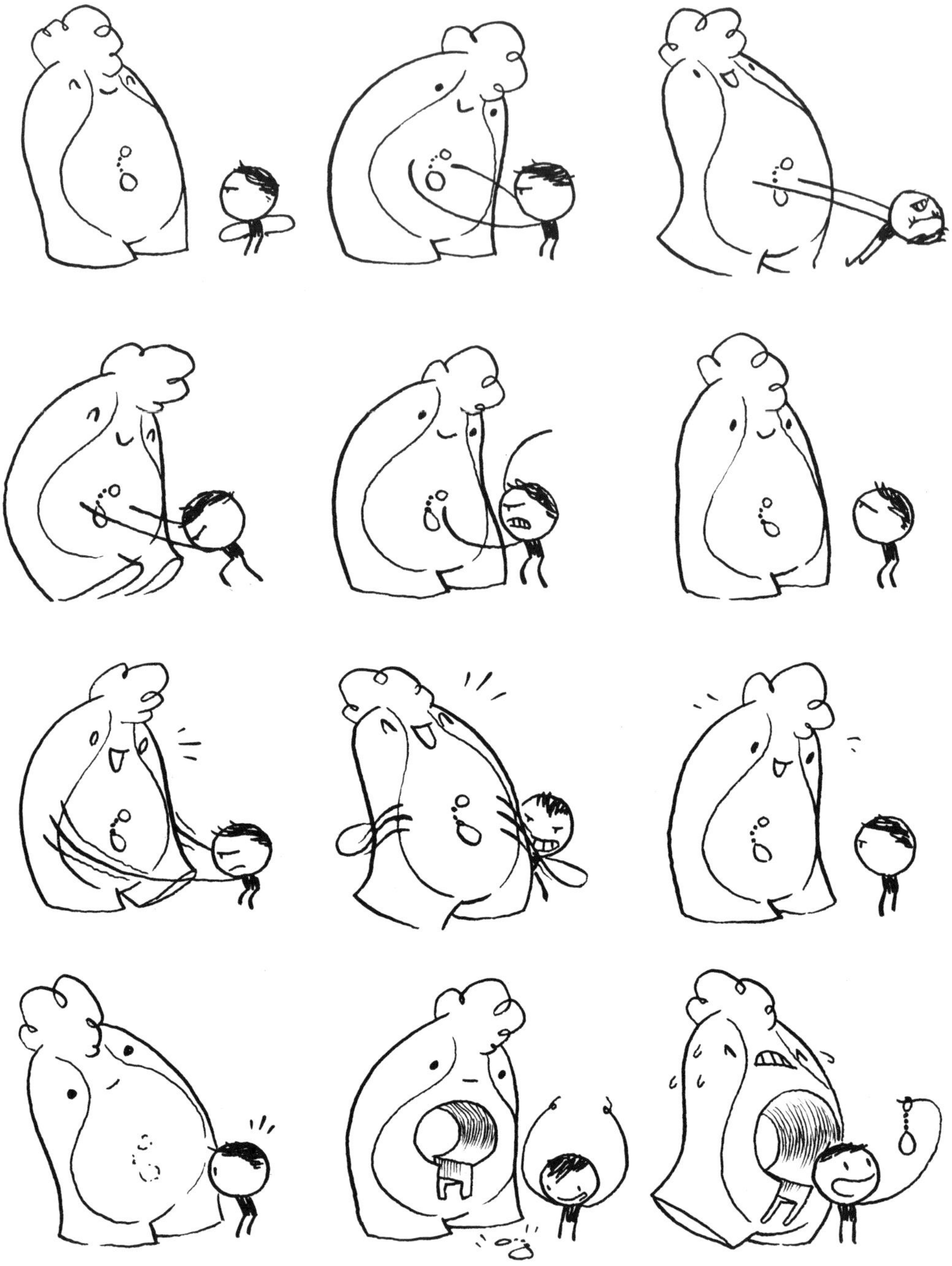

好不容易拿出了钥匙圈，小雨滴如释重负。

“太好了，哇哈！”

啊哈！

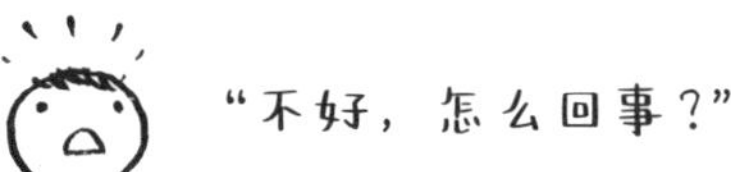

“这样不是很好吗？你就在里面舒舒服服的，我来带你去旅行、去散步。

无论去哪里，我们都在一起，这样很好。”

小空在睡梦中也露出了满足的笑容。

“嘿！你还在吗？”

小空睡得很香甜。

一连睡了几天几夜。

小雨滴想钻出来，但他怎么做都是白费力气。

“在吗？小空，我在这里很无聊。”

“我们出发吧！”

“我想一个人出发，不想成为你的负担。”

“你才不是我的负担！我们这样在一起不是很好吗？”

小空采了花，玩了水，还做了很多很多事情。他想让小雨滴开心。

“小空，小空，去那里看看。我认识那家伙，他会变好玩的戏法。”

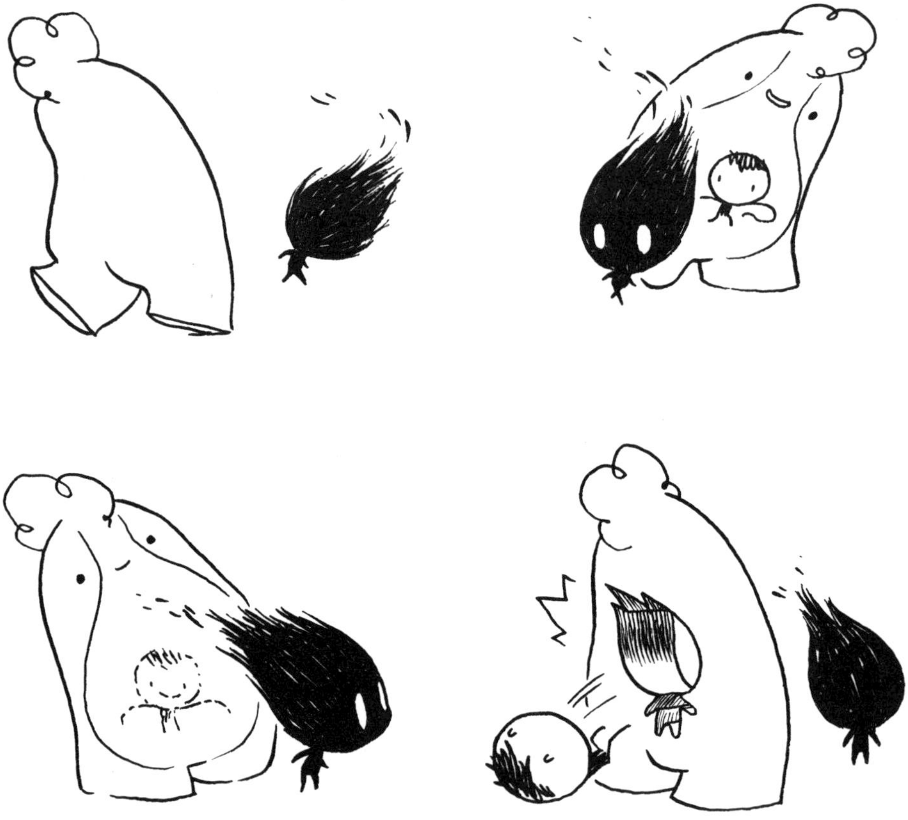

“哇哦！”

小空看着冒烟的灰烬发呆，小雨滴趁机溜走了。

小空的肚子又空了。

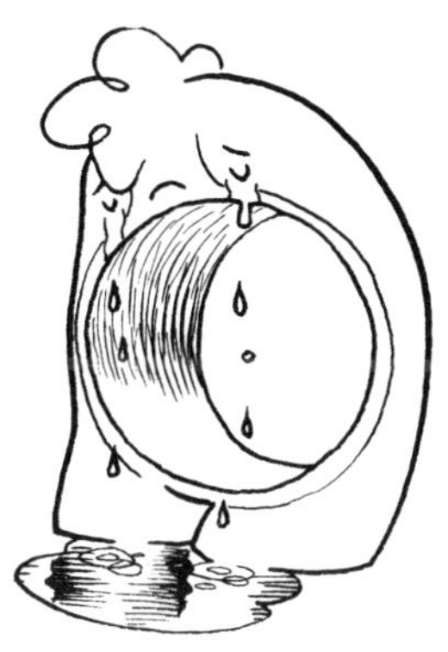

小雨滴没命地跑着。

在一个小丘陵的后面，他看见了……

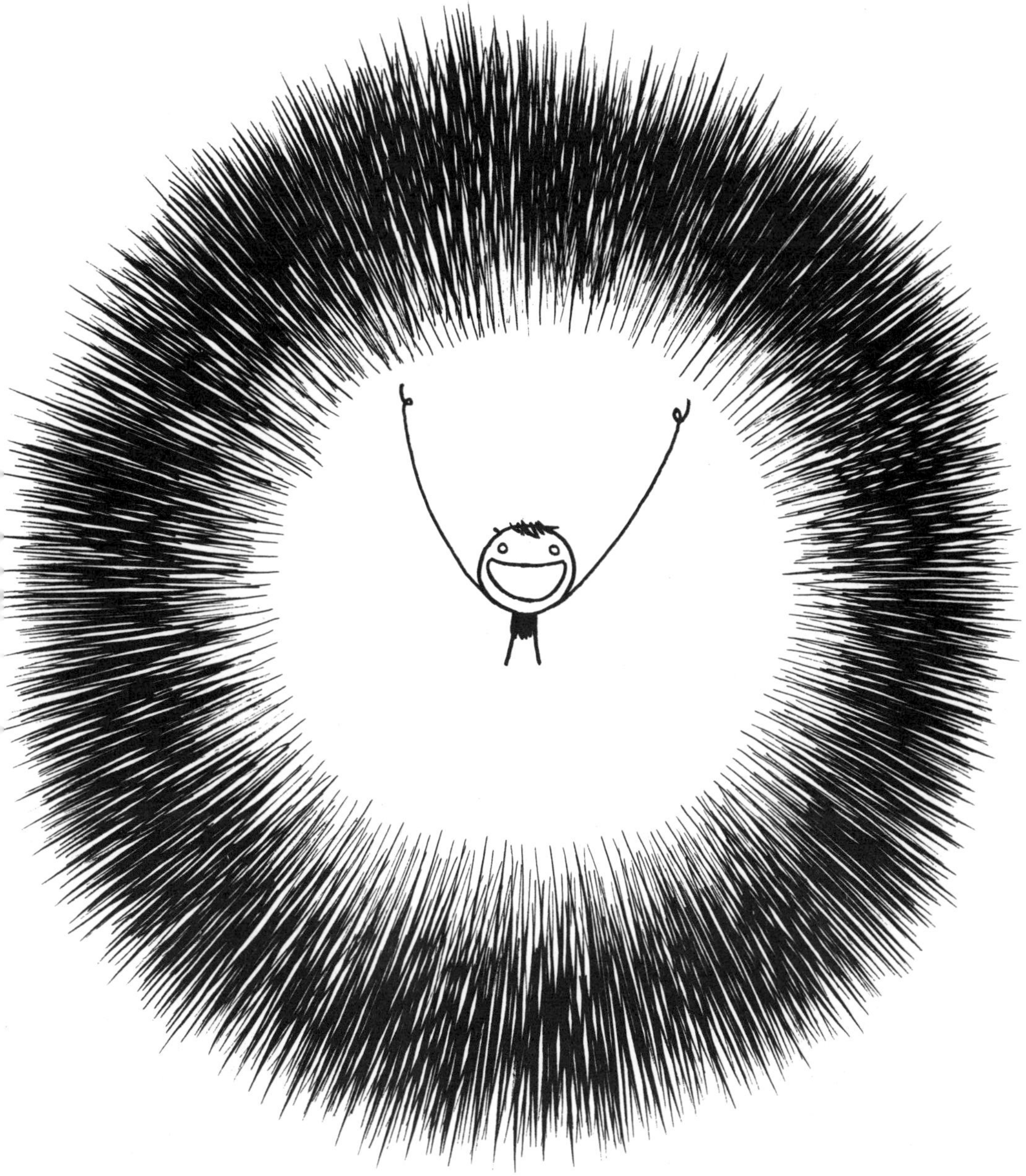

“大先生！你在这里啊！”

其实小雨滴看见的不是大先生，

是另一个更美丽的生物，

他像太阳一样散发出耀眼的光芒。

大家都追随着他的脚步。

小雨滴也赶紧跟上了大部队。

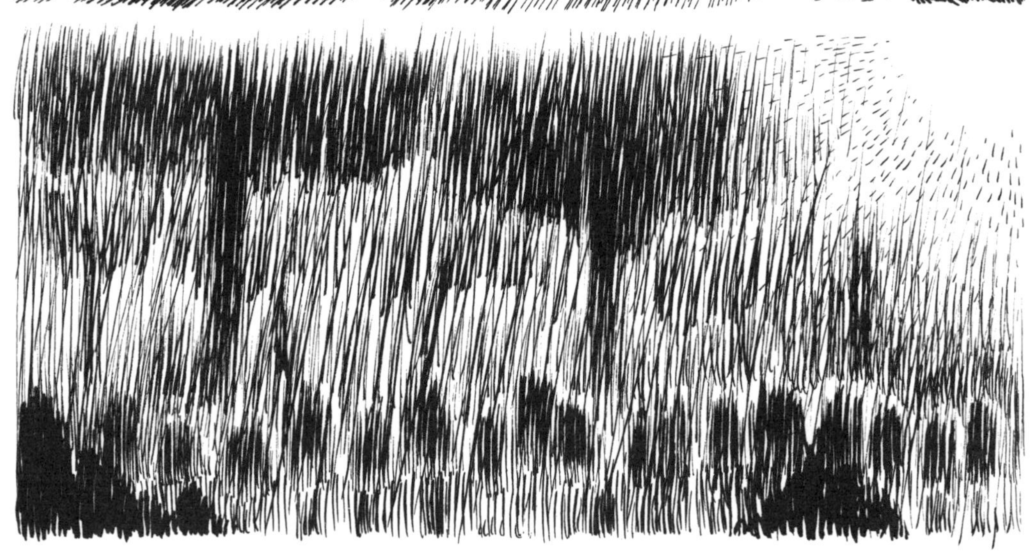

来到悬崖边，这个发光的生物继续前行，连头也没回。

有些人跌落谷底，有些人把手搭在悬崖边摇摇欲坠。

“天啊！”

于是，小雨滴离开了……

“嘿，小家伙。你在做什么？”

“别来打扰我。我孤身一人，前路茫茫。”

“噢，我明白了。我也是一个人。”

“是吗？那你在做什么？”

“找你啊。
我们两个人在一起就不孤单了，这样一定会更好。
你叫什么？”

“小雨滴。”

“哈哈哈你这名字让人把大牙都笑掉了！
我叫作玫瑰。”

“要让我说的话，你的名字也不怎么样。”

“我才不管你要说什么，
这里我说了算。”

“什么意思？”

“过来，我们来比赛，肯定是我赢。”

“那如果是我赢了呢？”

“哼，那你肯定是作弊了。”

“好吧，来吧！”

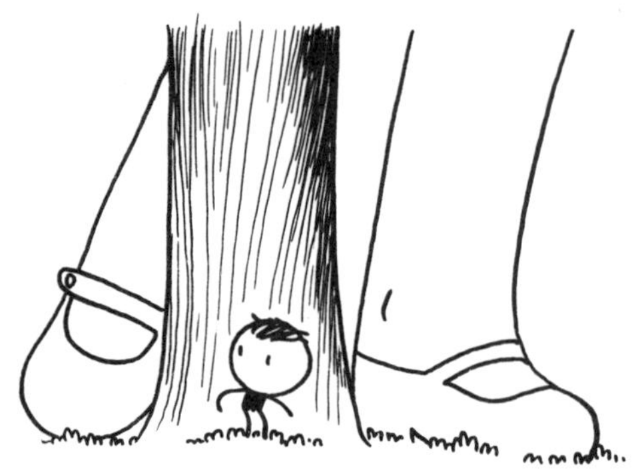

一整天，

小雨滴跟玫瑰进行了各种比赛，

但他一场也没赢。

玫瑰开心极了。

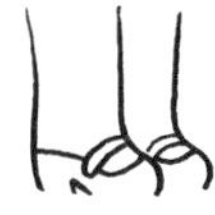

“今晚，你跟我一起睡，这样我的脚就不会冷了。”

他们一起躺下，依偎着对方，小雨滴用袜子裹住自己。最后，玫瑰睡着了，小雨滴看着熟睡的玫瑰，觉得她非常可爱。

一大早起来，她看上去心情不好。

“你说说话嘛。”

“我没睡好。我背疼，我……”

“脚屁股疼？”

“这是什么蠢话？
根本不存在脚屁股这种东西。”

“我是故意开玩笑的，
想让你开心点儿嘛。”

“我不喜欢玩笑。
你可真无聊。
我们还是去搭个取暖的房子吧。”

“好呀！一间属于我们的房子，这主意太棒了！这样，
玫瑰闹别扭的时候还可以摔门而出。”

小雨滴忙着搭房子。

玫瑰则一边散步一边捡野花，把花儿扎在头发上。

等小雨滴把烟囱盖好了，玫瑰也正好回来了。

“你觉得怎么样，我的脚踝是不是太粗了？”

“什么？不，一点儿都不粗，我都说过多少次啦。这双鞋也很配你！”

“……”

“嘿，过来，我带你参观一下。”

他带她在房子周边转了一圈，又看了看里面的房间。

“噢，天哪！这是什么玩意儿？
你简直是瞎胡闹。”

小雨滴气坏了，这可是他辛辛苦苦搭的房子，

于是他爆发了。

“你真是的，无论我做什么，你总是不高兴！

我忙了一整天！你却只会抱怨。

我受够了！”

玫瑰哭了，眼泪变成了倾盆大雨。

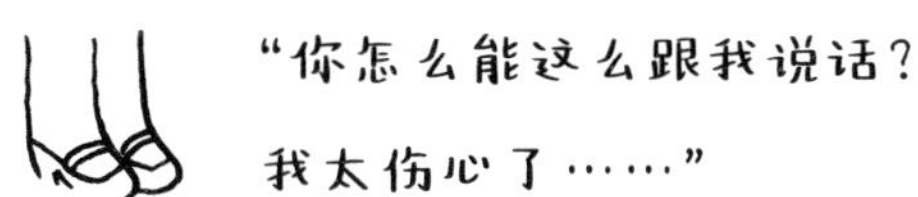

“你怎么能这么跟我说话？
我太伤心了……”

小雨滴心里也不好受，不知道如何是好。

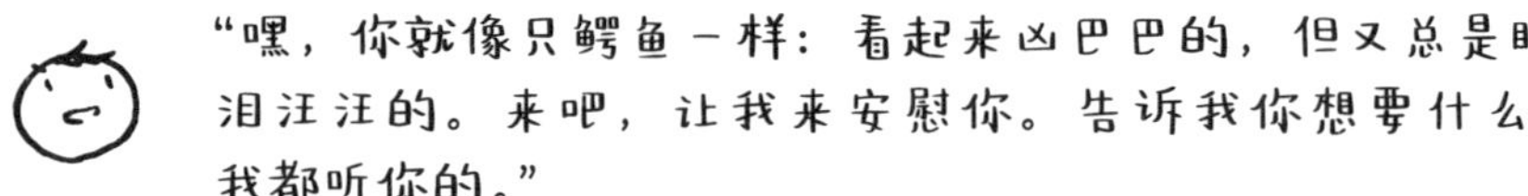

“嘿，你就像只鳄鱼一样：看起来凶巴巴的，但又总是眼泪汪汪的。来吧，让我来安慰你。告诉我你想要什么，我都听你的。”

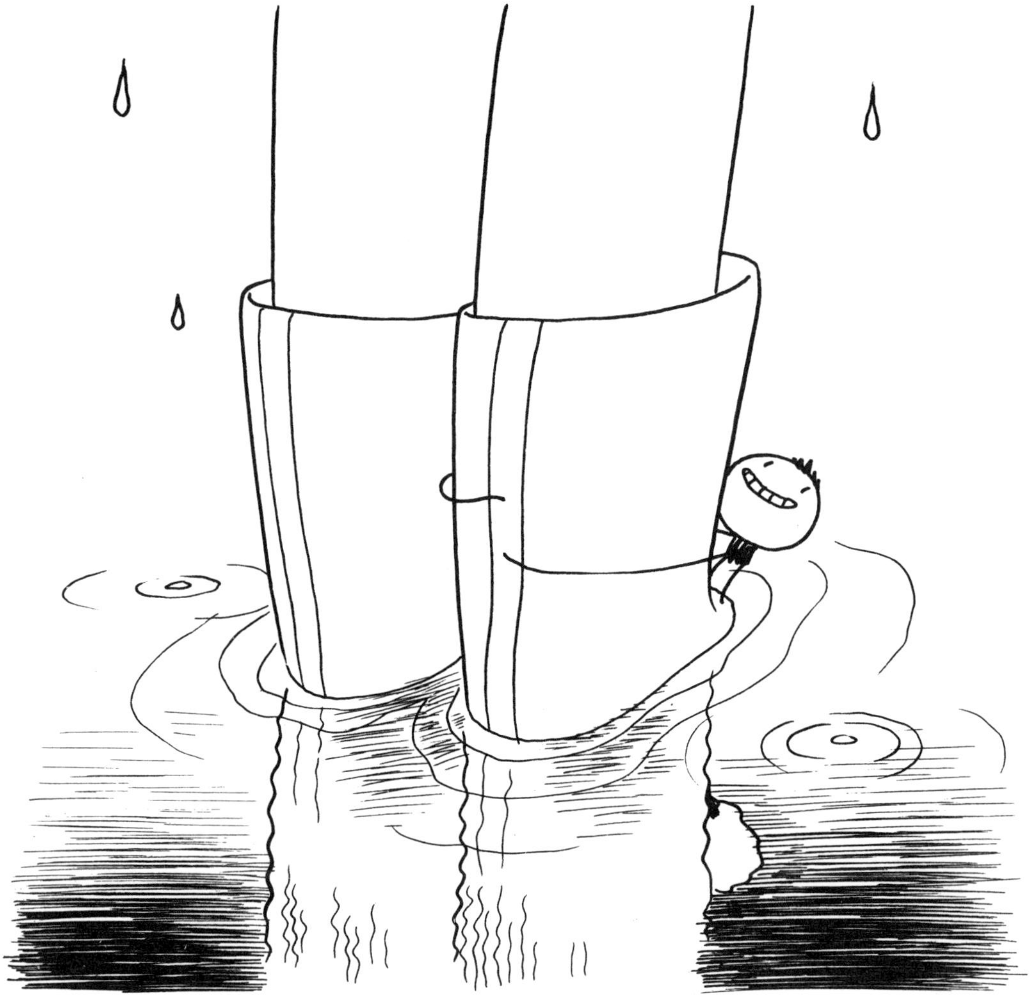

“要是你在动手之前听听我的想法就好了。”

“是的，你说得对。”

“我知道我是对的……哼。”

小雨滴抬起头，抬得很高很高，

看到了天上的星星。

然后又低下头听着她的抱怨。

愤愤不平啊……

“其实我很想要一条项链。”

“干什么用?”

“好看呗。”

“你光溜溜的的脖子就很好看啊!”

“是的，我知道，但我还是想要。”

于是，小雨滴又来到了东西之家。

“嗯，还可以吧。”

“你从来不送花给我。”

“这个想法太蠢了，
如果把花摘下来，
那花就死了啊。”

“是的，我知道，
但我还是想要。”

于是，小雨滴跑去摘花。

“怎么全是白色的花？”

“我想每天做很多个梦。”

“可是你睡觉的时候不是一直在做梦吗？”

“是的，我知道，但还是不够。”

于是，小雨滴睡了个午觉。

“这和我今天的打扮一点儿都不搭。”

“我希望时间能停止，这样我们可以做些疯狂的事情。”

“这可有点儿难度。”

“是的，我知道，但我还是想要。”

于是，小雨滴竭尽所能。

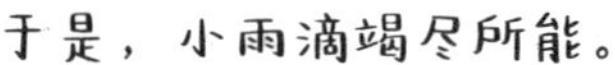

“哎哟！”

玫瑰想要的东西越来越古怪。

五花八门，纷繁杂乱。

小雨滴一直在她身边，努力满足她的要求。

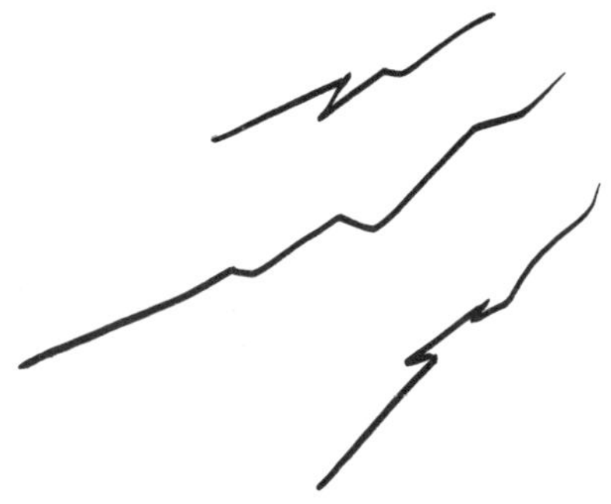

玫瑰喜怒无常，

上一秒还高兴地接过了礼物，下一秒就噘着嘴发起了脾气。

小雨滴用梯子爬上玫瑰之山，用礼物把她淹没在了里面。

终于有一天，成山的礼物盖住了玫瑰，

她也因此永远闭了嘴。

“我想，我现在应该去找大先生了。”

“你来啦！你上次一下子就消失了。”

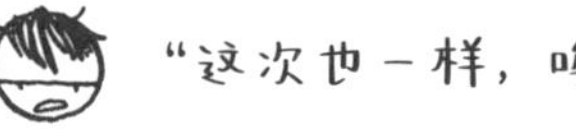

“这次也一样，唉！”

我希望你
这次可以
慢点儿消失。
小雨滴

小雨滴迷失了，他不知道自己是希望孤身一人，

还是更希望找东西填满自己的生活。

他累了，于是停下来歇歇脚。

“呜呜呜呜呜！”

“呜呜呜呜呜！”

小雨滴弯下腰凑近看了看。

“啊啊啊啊啊啊啊啊啊啊啊啊！”

那家伙的反应把小雨滴也吓了一跳。

“啊啊啊啊啊啊啊啊啊啊啊啊！”

他们围着树转圈圈，一边跑一边尖叫。

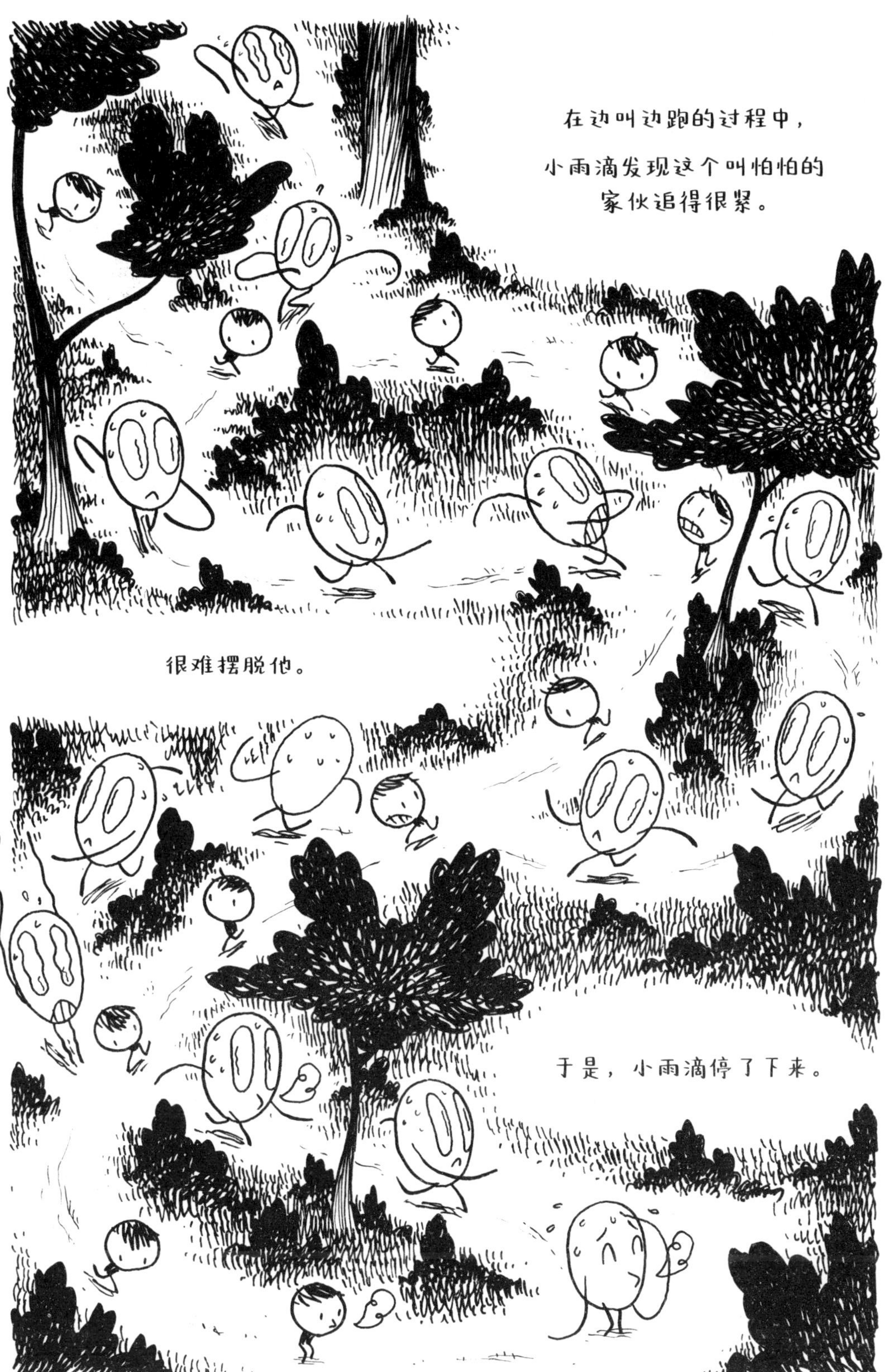
在边叫边跑的过程中，
小雨滴发现这个叫怕怕的
家伙追得很紧。
很难摆脱他。
于是，小雨滴停了下来。

他们脸色发白，流着冷汗，特别是怕怕。

“你冷吗？”

“灾难啊……灾难……”

“很抱歉吓到你了。”

“还好是你。

不然我可能会被一个超级可怕的家伙给吃掉；

或者掉进井里；

或者一只蜜蜂飞到我鼻子上。

反正不会有什么好事。”

“好吧，再见！”

但怕怕紧紧跟在他身后。

他们遇到了很多人。

始终没有停下脚步。

直到他们来到了牙膏火焰的下面……

有两个家伙坐在那里，看看天空发呆。

 “我可以跟你们一起坐吗？”

 “请吧。”

 “我说的是请，不是亲，呜呜呜……”

 “我可以坐下来吗？”

 “好吧，呜呜呜。”

“我是小忧，这是小空。”

“哇是你！又见面啦！

你去哪儿了？

你走了之后，我和小忧两个

组成了……”

“欧拉欧拉兹联盟俱乐部！”

“你们应该给自己加一个贵族头衔，

这样听起来更高雅。”

“是吗？”

“我们一无是处。

你们抛弃我们也没做错，

呜呜呜……”

“反正小雨滴当时就是这么

抛弃我的……”

“不是这样的。我们这次决定

留下来，怕怕，可以不？”

“你不会抛下我，一个人走吧？”

他们坐在一起，等待寂静之夜降临。

每个人都沉浸在自己的世界里，望着天上的月亮深思。

“小忧，你的眼泪都汇成一条河了……”

第二天，他们醒来后，发现自己不是躺在山丘顶上，

而是在一个被大湖包围的孤岛上。

“好家伙！……”

“噢，天哪……灾难，灾难……”

“对不起，我做了很多梦，很多悲伤的梦。”

“这一整片湖都是你哭出来的吗？”

“是的，我有点儿过于多愁善感了。”

"你真是奇才，不过这片湖挺漂亮的。"

"好吧，那我们给它起名叫湖泊一号[1]。"

"不，不要吃掉我，去找小忧。"

"不行，他很害羞，总会掉出来。"

1 "湖泊一号"的法语Lac Une，与lacune（空隙）发音相同，暗指小空的肚子。

第二天。
“这样也不错嘛！”
小雨滴对自己的主意很满意。
然而，
只不过走了一天……
肚子里的东西就全部掉出来了。
“唉，行不通啊。”
“嗨，一直都是这样。
每次都坚持不下去。
我习惯了。”

“看，太阳要下山了。”

“等一下，我想到了！”

哈哈哈！

“完美！你们是天作之合。”

“呜呜呜，我们再也见不到他们了。”

“不，我们还会再见面的。但是目前，他们不再需要其他人了。”

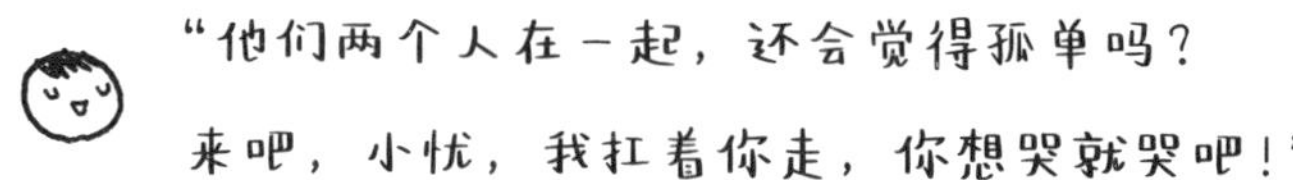

“他们两个人在一起，还会觉得孤单吗？
来吧，小忧，我扛着你走，你想哭就哭吧！”

“我们现在要做什么？”

“我……我不知道。”

他们的痛苦交织在一起，泣不成声。

小雨滴没注意到大先生和自己擦肩而过。

但是小忧看见了。
“呜呜呜，你看见了吗？
他跟你说的一样大。”
“谁啊？”
“那里，你看！”

1　在法语中，柳树（saule）与孤单（seul）发音相似。

“哦，天啊，大先生！等我一下！
你去哪儿了？我一直在到处找你。
你真是太难找了！”

“我倒不担心你，因为你什么都会。我其实也都能搞定。我之前迷路了，遇到了一个朋友，后来他被另一个人喝掉了。但原来我搞错了，那个人就是我的倒影。后来，我还遇到了玫瑰，天哪！你要是认识玫瑰的话就好了。要知道，她虽然很漂亮，但要让她满意可不容易。再然后我就一个人了。一个人独处的日子可不好过，特别是伤心的时候，感觉心像是被一块块啃掉了。我不太喜欢悲伤的感觉。但有时候，你要知道，我们没得选。如果我早知道会见到你，肯定会给你准备一份礼物，或者我们可以一起去东西之家看看。当然这个时间点，商店肯定关门了。我该做什么呢？你知道为什么时间会这样被吞噬掉？你可以让时间停止吗？当然了，你什么都会。哈哈哈哈，我真是想死你了！小空、怕怕、小忧，他们都是好人。说起来，小忧去哪儿了呢？总之，他们都是好人，但都迷失了方向，当然现在肯定好多了。小空和怕怕相处得很好。大先生你什么都不需要吗？是吧。那现在既然我们重逢了，去哪儿好呢？我实在是太高兴了。我有好多好多事儿要讲给你听。”

“是吗？你是谁，巴拉巴拉说个不停的小家伙？”

在那一瞬间，小雨滴好像听见了自己心碎的声音。

他在这个世上最珍爱的人忘了他。

“我是小雨滴。”

“是吗？”

“你就是创造我的人啊！”

“是吗？”

“不要一直说是吗是吗！”

“很抱歉，但是我的确不记得了。
我本来记性就不好。”

“可是我一直在到处找你啊！”

“我知道，但我不是你要找的人。”

“可我想死你了，
我想跟你在一起。”

“你有点儿烦人啊！”

“我不知道为什么，你的大脑袋
越是摇头说不，我就越想跟你
在一起。”

“我才不要。”

“听我说，我能看到你这双大眼睛在渴求着什么。你已经长大了，虽然你的个子还是很小，可你是个大人了。我不可爱，不想爱人，也不需要被人爱。但是有人是值得你爱的。让我来帮你找吧，我保证！我们可以一起来做这件事。”

"快来吧，别在那儿对我星星眼了。"

 “该死，关门了！”

 “现在是下午四点。”

 “没关系，我们去别处。”

 “大先生，你要做什么？”

 “我要种一个标牌。”

 “做标牌干什么？”

大先生在标牌上一笔一画写得很投入。

小雨滴一脸不解地看着他。

最后，大先生很骄傲地把牌子立起来。

“这就是解决方案，你不会再孤单了。这样，你也能让我安静点儿。”

“大先生，你是不是疯了？
这种比赛有什么意义？而且我们什么奖品都没准备。”

“相信我，人们喜欢争输赢，你不会有所损失的。”

“你可能真的有点儿疯疯癫癫的！”

“无礼的小家伙，人们需要一个目标，去尝试一些新鲜事物。我记得有一个故事，好像讲的是一个王子，亲吻了一个绿色的东西，然后它就变成了公主。”

“我现在就去找绿色的东西！”

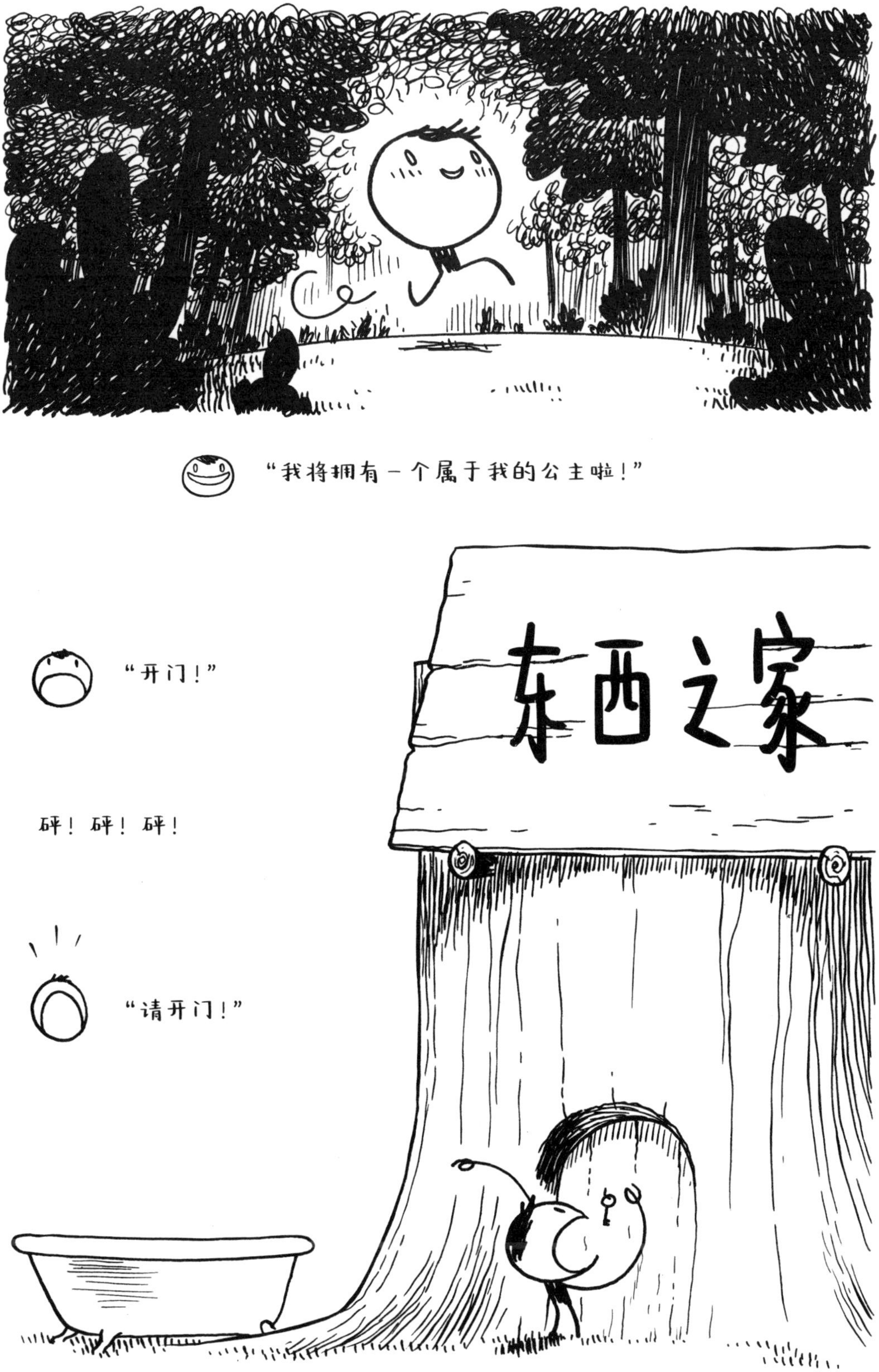

“我将拥有一个属于我的公主啦！”

东西之家

“开门！”

砰！砰！砰！

“请开门！”

“啥？有啥事？……”

“是我，小雨滴。开开门啊，拜托了！”

“你想要什么？”

“绿色的东西。我要做个大实验！”

“钥匙给你，自己开门，找呆头。”

小雨滴把商店翻了个底朝天。

他带回了这些东西：

绿杯子  绿颜料  绿虫子  绿松鼠皮

绿裤子  绿茶  绿色的书  绿啄木鸟

绿插销 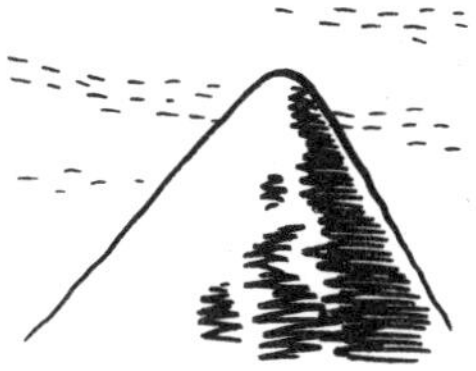 绿山坡  绿色的疣  绿旋风

绿豆面  绿萤火虫  绿色的线  绿脊骨

绿巨人  绿色植物  绿色外星人  绿林好汉

“你看！”

“什么乱七八糟的！”

“你刚才忙活的时候，我布置了很多标牌。”

整个森林都被照亮了，霓虹灯闪烁着耀眼的光芒。

“玫瑰应该会喜欢的。”

“你找来的这些东西
不太对劲啊。”

“童话故事里，水晶鞋或者戒指总是少不了的。”

“是的，可要问我的意见嘛，一段美好的婚姻可不是由手指头或者脚指头决定的。”

“这是你的亲身体会吧！”

“哈哈，你不也是？”

“你们在这里做什么？”

“我脚底板疼。”

“我们在这里扎根了。”

“你们俩觉得这场比赛怎么样？我们要准备什么奖品吗？冠军可以戴上绿林好汉那种高高的帽子如何？”

“亲爱的，我觉得你有点儿本末倒置了。”

“什么意思？”

“这场比赛不是为了找到对的东西，而是要找到对的人。”

“我有点儿听不懂了！”

“大先生，那位老先生说得对。”

“哼，你这个小叛徒。”

“我才没背叛你，我只是觉得听听他们的意见也不错。”

“那让我再想想。”

“这好像越来越复杂了。”

“过来，小家伙。”

小雨滴坐在他们身边，目不转睛地看着他们俩。

“你看，我们两个相处多么融洽。”

“我爱苦苣。”

“这个说法真有趣，
但是苦苣可真难吃。”

“你闭嘴！我来解释。”

“他跟我，我们两个人很相爱。”

“就像我爱苦苣一样。”

“不，小东西，不是这样的。”

“严格来说，你对苦苣的感情最多是喜爱。”

“你会把他搞糊涂的。”

“其实喜欢苦苣的是你的胃，我们爱一个人要用心去爱。”

“就像是坐过山车那样心怦怦跳。”

“是的……这个……不是！”

“别担心！你一定会找到一个人的，她能照亮你的生活。”

“那应该会很刺眼吧！”

“那我该做什么好？”

但是那两个老树根已经合在了一起，不再说话了。

这时，他身后传来一个声音：

“呃……请问这里是比赛现场吗？”

 “我……你……我们……是的。”

 “我也觉得是。”

“你让我想到了苦苣。”

“噢，我最喜欢吃苦苣啦！
我可以参赛吗？”

“你已经赢了！”

“嘿，小家伙，看看我找到了什么。”

但是没人回应。

“我叫小露珠。”

“我叫小雨滴。”

微风习习，小露珠与小雨滴一见如故。

他们给彼此讲着各自的故事，仿佛整个世界只剩下他们两个人。

他们不再需要其他人。

“我也是！”

“我也是！”

“我也是！”

“我也是！”

“我也是！”

“我也是！”

他们就是彼此的镜像。

心有灵犀。

他们步入了一个崭新的世界，

就像为彼此打开了天窗，可以细数天上的点点星辰。

"今晚的星星可真亮。"

"我已经觉得你是我很重要的朋友了。"

"可我们今天早上才认识呀！"

"有些东西不是用时间来衡量的。"

"你确定？"

"当然啦。"

他们手牵着手，走向美好的明天。

一切都是那么完美无缺。

然而日子长了，他们之间也滋生出厌烦的情绪。

到中午了。

“我饿了。”

“我也是。”

“你看你，就不会说说别的话吗？”

“你让我想到了某个人……”

“想到了别人？这话可真无礼！”

“啦啦啦，年轻人，你们怎么了？吵架了吗？”

“不，我们从不吵架。”

“我们有时候也会吵架。
比如吃晚餐时要是意见不同，我们就会发脾气，然后又会和好。
重要的是沟通和妥协。”

“但是我们刚刚说过，我们不会吵架。”

“我明白了，这很正常，两个人想法不同才能互补嘛！”

“我们从不吵架。”

“我们上一次吵架吵得可厉害了。别担心，一切都会好起来的。”

“但是我刚刚说过我们从不吵架！”

“如果你们吵架，我也不会觉得奇怪，
这个小家伙脾气真坏。”

“你不觉得这两个人很烦吗？”

“这点我同意。”

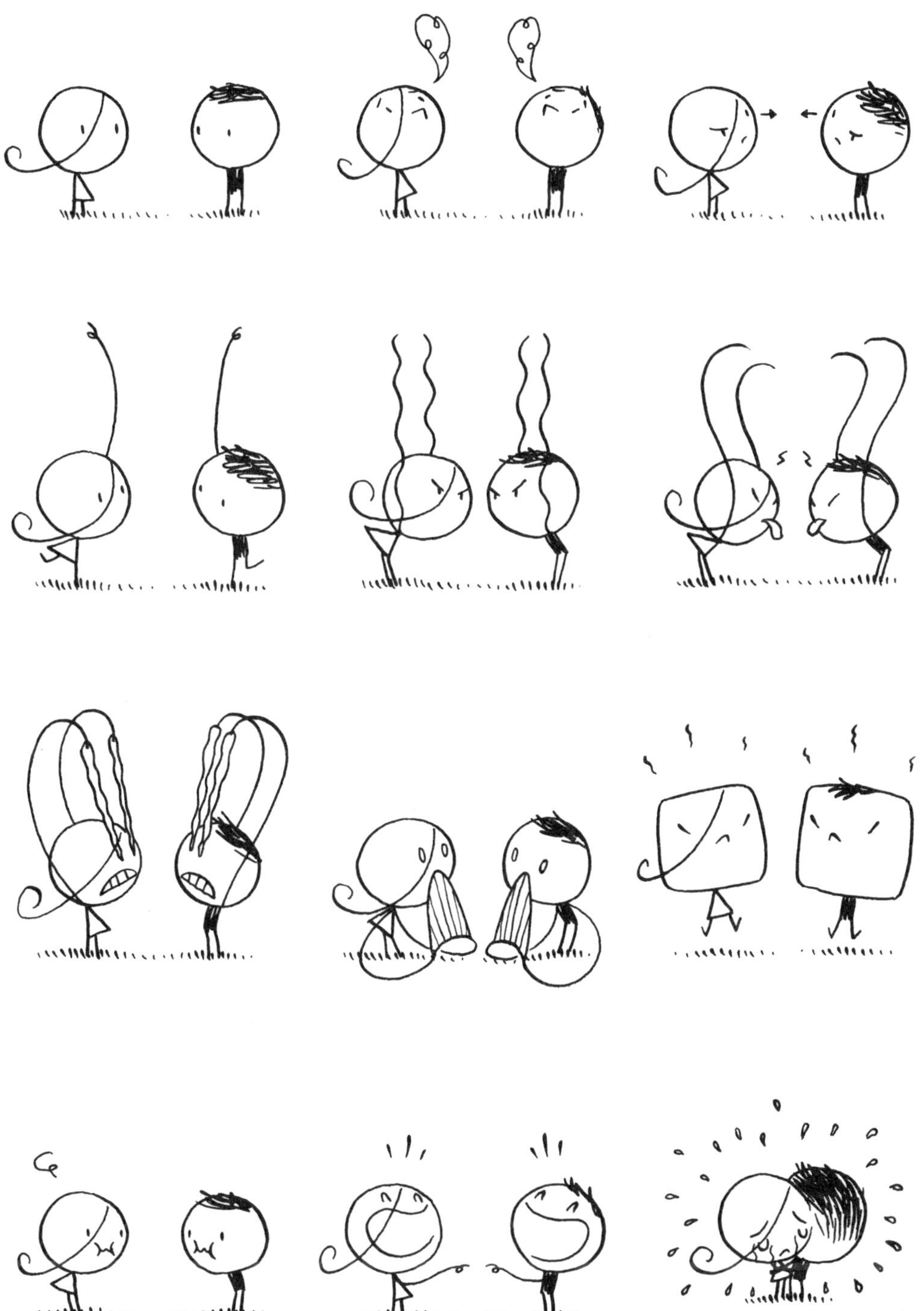

“我不想让你觉得无聊。
我不想每天都重复一样的生活，
一眼看不到头。”

“我也不希望，
这样我就没法让你开心了。”

“啊真的吗？”

“当然了。我去散散步，好吗？”

“那我就在这里等你。”

小雨滴彻底迷失了。

他希望有人可以跟他解释一下，

为什么得到幸福这么难。

感情太复杂，

与之相比，还是织毛衣更简单。

收费处
近路
禁止
入内
如果你看到这个
招牌，那就说明
你还没走出去
你在这里
拐弯
思考

小雨滴想了一会儿，

又想了一会儿，

然后毫不犹豫地做出了选择。

“哇！是苦苣！”

“你选对了！”

“来！”

“他们都来帮忙了。我们准备了大餐，有烤串，有昨天的沙拉，还可以喝水洼里的水。你要来跳舞吗？”

“我们给你准备了一个惊喜。”

“还有惊喜呀？”

“你要踏上新的旅程了。我知道，如果有一天我想你了，或者你想我了，你还会回来的。你会经历很多有趣的事情，然后讲给我们听。你会给我们带来很多惊喜，这也许，这也许就是你的天赋所在。”

"也许，你再也不会回来了。

然而我还是希望你能回来。"

“等等，你不一起来吗？”

“不，你将独自上路。”

小雨滴跟大家一一拥抱告别，派对结束了。

之后，小雨滴就出发了。

“至于我，那我就从这边出发，去看看世界吧。”

谨将这本书送给我们的孩子

德拉热、菲洛米耶、莲卡、奥尔西娅和阿尔伯特

我们将深爱你们至永久

在这场旅程的最后，我想要感谢陪我们一路走过的你们：卡米莱特、卡普克斯、戴维、弗勒杜耶、格里戈、热罗姆、吉吉、克内斯、马尔戈、玛丽、迪特、西尔万，还有我的尤克里里。

作者：西比琳娜

感谢杰瓦老师和我的爸爸妈妈，是你们教会了我如何写字；感谢洛朗和达斯卡，是你们教会我如何写得更好。也要谢谢伊万、西比琳和热罗姆。

法语版字体设计者：卡皮西纳

献给范妮

感谢所有一直鼓励着我的人：乔安娜、玛丽·瓦耶、玛丽·玛戈、娜塔莉、塞德里克，以及我的妈妈。特别要感谢多米蒂耶和弗雷德。

绘者：热罗姆

在这场奇幻的森林漫游中，我们还一路遇见了
巴斯蒂安·维韦斯、阿努克·理查德、万斯、阿尔弗雷德、
娜塔查·西科、克内斯、卡皮西纳、多米蒂耶·科拉代和立本，
他们都参与塑造了小雨滴的故事。

向你们致以最真诚的感谢！

大先生：“你是在刚刚那场雨中诞生的，我是看着你长大的。”
火柴头：“……”
倒影：“我能够和你做好朋友。”
呆头：“不是呆头，是戴头啦！”
杂货店老板：“呆头，快来帮客人找一个爱好。”
食蚁兽：“嘿！他只不过是你的倒影而已！”
神秘的钥匙圈持有者：“来，送你一个钥匙圈。”

小空：“自从你走了以后，我的肚子总是空荡荡的。”
怕怕：“你不会抛下我，一个人走吧？”
小忧：“我做了很多梦，很多悲伤的梦。”
光：“跟着我，就算是悬崖也不回头吗？”
老爷爷：“别担心！你一定会找到一个人的，她能照亮你的生活。”
老奶奶：“就像我和他一样。”
玫瑰：“我希望时间能停止，这样我们可以做些疯狂的事情。”
小露珠：“我知道，如果有一天我想你了，或者你想我了，你还会回来的。”

图书在版编目（CIP）数据

小雨滴和他的15个怪朋友 /(法)西比琳·德迈齐埃著;(法)热罗姆·德阿维奥绘;陈潇译. -- 上海：上海文化出版社, 2021.11（2025.6重印）
ISBN 978-7-5535-2425-2

Ⅰ. ①小… Ⅱ. ①西… ②热… ③陈… Ⅲ. ①儿童故事—图画故事—法国—现代 Ⅳ. ① I565.85

中国版本图书馆CIP数据核字(2021)第218712号

出 版 人：姜逸青　　出版统筹：吴兴元
项目统筹：尚　飞　　责任编辑：王茗斐
特约编辑：周小舟　　装帧设计：墨白空间·李易

书　　名：小雨滴和他的15个怪朋友
著　　者：［法］西比琳·德迈齐埃
绘　　者：［法］热罗姆·德阿维奥
译　　者：陈　潇
出　　版：上海世纪出版集团　上海文化出版社
地　　址：上海市闵行区号景路159弄A座3楼　201101
发　　行：后浪出版公司
印　　刷：天津联城印刷有限公司
开　　本：670mm × 1040mm　1/16
字　　数：28千字
印　　张：11.75
版　　次：2021年12月第1版　2025年6月第5次印刷
书　　号：ISBN 978-7-5535-2425-2/I.938
定　　价：82.00元